AF470100

COLLECTION

DE

M. LE COMTE DE PENHA-LONGA

SCULPTURES

Joseph Chinard

DE LYON

(1756-1813)

SCULPTURES

PAR

JOSEPH CHINARD

DE LYON

CONDITIONS DE LA VENTE

Elle aura lieu au comptant.

L'adjudicataire paiera *dix pour cent* en sus des enchères.

L'exposition permettant au public de se rendre compte de l'état et de la nature des objets, aucune réclamation ne sera admise une fois l'adjudication prononcée.

AVIS

L'ordre numérique du catalogue ne sera pas suivi pour la vente.

Paris. — Imp. Georges Petit, 12, rue Godot-de-Mauroi. — 21700-11.

CATALOGUE

DES

SCULPTURES

PAR

JOSEPH CHINARD

DE LYON

(1756-1813)

FORMANT LA COLLECTION DE

M. le Comte de PENHA-LONGA

Préface par M. GERMAIN BAPST

VENTE A PARIS

GALERIE GEORGES PETIT

8, RUE DE SÈZE, 8

Le Samedi 2 Décembre 1911, à 2 heures 1/2

COMMISSAIRE-PRISEUR	EXPERTS
Me F. LAIR-DUBREUIL 6, rue Favart, 6	MM. PAULME & B. LASQUIN FILS 10, rue Chauchat — rue Grange-Batelière, 11

EXPOSITIONS

PARTICULIÈRE : Le Jeudi 30 Novembre 1911, de 2 heures à 6 heures

PUBLIQUE : Le Vendredi 1er Décembre 1911, de 2 heures à 6 heures

CHINARD

L y a quelque trente ans, la salle Petit, rue de Sèze, venait d'être terminée, et on l'inaugurait par une « exposition rétrospective de l'art français du XVIIIᵉ siècle », au profit de la Société des Amis de l'enfance. Les Parisiens et les étrangers y venaient en foule et s'arrêtaient devant un buste de jeune femme en terre cuite mis au centre, à la place d'honneur.

« Madame Récamier ». Tous nommaient celle que l'on a appelée la divine Juliette : ils admiraient la sculpture, en détaillaient les qualités et ne tarissaient pas sur la beauté et le charme du modèle. Houdon, au dire des amateurs et suivant le rédacteur du catalogue, M. Charles Ephrussi, seul avait pu donner à la terre autant de vie et de grâce.

Cependant, un érudit, M. Anatole de Montaiglon, dès le premier jour émit des doutes, déclarant qu'il fallait attribuer cette sculpture à un autre maître.

Mis en éveil par mon vieux maître et ami M. de Montaiglon, j'eus la chance et le hasard de découvrir que l'auteur du buste de Mᵐᵉ Récamier était Chinard, et de l'annoncer dans l'*Intermédiaire des chercheurs*. Là s'arrêtait ma découverte : j'ignorais qui était Chinard, quel avait été son œuvre, et je savais par conséquent encore moins dans quelles conditions il avait exécuté ce buste désormais célèbre.

M. Eudoxe Marcille vint à la rescousse et apprit que la terre cuite exposée était un moulage d'un marbre que possédait Mme Charles Lenormant, nièce et fille adoptive de Mme Récamier, et que Mme Aubry-Vitet conservait un moulage semblable à celui de l'exposition de la salle Petit.

Ces premiers points acquis, les curieux d'art se mirent à rechercher si les archives ne leur donneraient pas des indications sur la vie et l'œuvre de Chinard et si les musées ou les collections ne leur montreraient pas quelques-unes de ses œuvres jusqu'alors demeurées dans l'oubli.

Ces efforts ne furent pas infructueux et bientôt on eut de nombreux renseignements sur notre sculpteur.

Grâce à ces travaux, l'œuvre de Chinard est aujourd'hui connu. Il est maintenant considéré comme l'un des sculpteurs les meilleurs de la fin du xviiie et du commencement du xixe siècle, et ses sculptures sont de celles qui atteignent les plus hauts prix.

Il y a deux ans, le musée des Arts décoratifs organisa au pavillon de Marsan une exposition de ses œuvres, dont les plus belles appartenaient au comte de Penha-Longa : ce fut alors la consécration de sa réputation.

. . .

En reprenant les découvertes dont nous venons de parler, en y ajoutant ce que nous avons nous-même trouvé, nous allons essayer de peindre Chinard tel qu'il était et d'expliquer la supériorité de son talent en montrant le côté tout personnel qui le caractérise.

Chinard se distingue de ses contemporains par une recherche de la sincérité qui l'a amené à être, dans la sculpture, le portraitiste le plus exact, le plus vrai du temps de la Révolution et de l'Empire.

Personne n'a aussi bien que lui représenté ses modèles sous

leur jour réel. Non seulement il reproduit leurs traits avec une
minutieuse exactitude, mais il rend leur attitude, il parvient,
par des jeux de physionomies exactement saisies, à exprimer
leur caractère et leur moral ; bien plus, il trouve le moyen,
soit par la coiffure, les vêtements, par cet « impondérable »
qu'est le talent, de nous les faire voir vivants dans le milieu
où ils ont vécu. Ses sculptures parlent tellement à notre
imagination qu'elles suppléent à tout ce que la terre ou le marbre
ont laissé de côté, pour reconstituer l'individu dont nous con-
templons les traits.

De ce fait le sculpteur Chinard est devenu un des historiens
et des psychologues les plus précieux à consulter.

. .

Essayons de le suivre dans sa vie : ensuite nous étudie-
rons son œuvre. Né en 1756 de parents pauvres, il fréquenta
l'école publique, puis, se sentant poussé par sa vocation, il suivit
les cours gratuits d'une école de dessin et, à 15 ans, entra dans
l'atelier du sculpteur Blaise. A 24 ans, en 1780, devenu son
propre maître, il obtenait des commandes, principalement des
statues de saints pour des églises des environs de Lyon. Ses
premiers travaux lui acquièrent un petit pécule qu'il employa,
en 1784, à faire un voyage en Italie.

Il séjourna sans doute deux ans à Rome, puisqu'en 1786 il y
obtint, avec *Persée et Andromède*, le 1ᵉʳ prix de l'Académie de
Saint-Luc : c'était la première fois que cette récompense était
décernée à un Français.

Il est de retour à Lyon quand éclate la Révolution, et c'est
à lui que la municipalité s'adresse pour l'exécution d'une *Liberté*
gigantesque, destinée à décorer la place des Brotteaux le jour de
la fête de la Fédération.

Il retourne encore à Rome en 1792. S'y livre-t-il à quelques
manifestations patriotiques ? Arbore-t-il à son chapeau la cocarde

tricolore ? C'est vraisemblable, car il est empoigné par les sbires pontificaux avec un de ses amis, un sieur Rater — qui devait mourir au siège de Toulon sous les ordres de Bonaparte — et tous deux sont enfermés au fort Saint-Ange.

Les deux prisonniers sont au secret et on aurait longtemps ignoré leur détention si Chinard, à travers les barreaux de la lucarne de sa cellule, n'avait aperçu un de ses compatriotes passant à portée de la voix. L'ayant appelé, il le met au courant de sa situation et le prie de s'occuper de le faire délivrer, lui et son compagnon.

C'est par l'entremise de ce Français inconnu que la nouvelle de l'emprisonnement de Chinard arriva à Lyon, puis à Paris, où elle émut les milieux artistiques. Le peintre David fit même à ce sujet une interpellation à la Convention en faveur « des victimes du fanatisme romain ».

Mᵐᵉ Roland — dont Chinard, autant qu'on peut le croire, avait fait le buste — rédigea une requête adressée au « Prince évêque de Rome » pour lui demander justice. Transmise à son destinataire par l'ambassadeur de la République auprès du roi de Naples, cette lettre fut favorablement accueillie et nos deux compatriotes furent relâchés.

C'est alors que Rater s'engagea ; quant à Chinard, pauvre comme Job, il emprunta, en passant à Florence, une petite somme à Fauvel de la Flotte, ministre de la République en Toscane, pour pouvoir regagner Lyon, et, aussitôt de retour, il vendit six couverts d'argent, le principal de sa fortune, pour rembourser son prêteur.

Sa détention à Rome avait accru sa renommée et l'avait rendu populaire parmi les partisans des idées nouvelles. Aussi la municipalité de Lyon lui confia-t-elle de nombreuses sculptures. Malheureusement leur exécution n'eut pas le don de plaire aux exaltés de « Commune affranchie ». Le comédien Dorfeuille l'accusa d'avoir représenté la Liberté se mettant une couronne « sur les f... » au lieu de la tendre en avant. Un autre lui reprocha l'attitude trop débonnaire de deux lions, auxquels il n'avait même pas placé la queue « en trompette ».

Ces deux crimes de « modérantisme » le firent envoyer dans la prison des *Recluses* pour être traduit devant le tribunal révolutionnaire. Heureusement il parvint à se procurer de quoi modeler et exécuta quelques maquettes (l'une d'elles, la Philosophie, est dans la collection Penha-Longa avec sa signature suivie de ces mots : *aux Recluses)*. Une autre, représentant l'Innocence se réfugiant au sein de la Justice, fut remise par un ami au citoyen André Corchand, le plus terrible des juges de la commission révolutionnaire. Ce groupe, exposé aux Arts décoratifs sous le n° 15, appartient à M. Marius Paulme.

Sans doute cette attention adoucit Corchand et avec lui les autres juges, car Chinard fut peu après délivré, et l'année d'après, ayant à exécuter de nombreux travaux, il s'installait dans l'église des pénitents de Lorette dont il fit son atelier en 1795.

Cette même année il se rendit à Paris où il fut nommé membre de l'Institut; c'est, croyons-nous, à ce voyage qu'il fit poser Mme Récamier pour la première fois et qu'il exécuta quelques-unes de ces esquisses, dont la plus ancienne en ordre de date nous paraît être celle de bronze figurant dans la collection Penha-Longa, sous le n° 54.

En 1796, Chinard était en relation avec le général Bonaparte et, lorsque fut signé le traité de Tolentino, il écrivit au vainqueur de Rivoli pour lui demander à être indemnisé des pertes qu'il avait subies du fait de son arrestation à Rome, quatre ans auparavant. Le général accéda à sa demande et l'en informa par cette lettre :

25 germinal an IV (1er avril 1797).

Au quartier général de Gratz, Styrie.

J'ai écrit à Rome, citoyen, pour que l'on vous restitue les mosaïques que vous réclamez. Les effets que vous avez perdus vous seront indemnisés sur les 300.000 livres que le pape doit donner à cet effet. Je serais toujours fort aise de trouver l'occasion de faire quelque chose qui vous soit utile et de vous témoigner l'estime qui est due aux hommes de talent qui honorent leur pays.

BONAPARTE.

Les débuts de la Révolution lui avaient inspiré des « Libertés » ou des Génies éclairant le monde et foudroyant l'Ignorance, maintenant c'est aux « Victoires » et à la glorification des généraux morts pour la patrie qu'il se consacre. Il organise les fêtes commémoratives en l'honneur de la mémoire de Hoche, de Joubert, puis de celle de Desaix ; il fait leur buste et, quand le premier Consul vient à Lyon, il dessine la décoration des places de la ville et construit un arc de triomphe surmonté d'un char conduit par Mars.

Bonaparte apprécie son talent et désormais il sera l'un des sculpteurs à qui iront en grand nombre les commandes de Napoléon et des siens.

Il a déjà été en Italie en 1791 et 1792 : il y séjourne encore en 1803, 1805, 1806 et 1808.

En 1803, il s'y distingue par un acte d'humanité qui nous le montre homme de cœur et de décision. Le 17 novembre 1803, il était à l'une des carrières de marbre de Carrare lorsqu'un éboulement entraîna deux ouvriers : le père et le fils. Il court après les autres carriers qui s'enfuient effrayés; il leur promet de les payer lui-même, les ramène, dirige leurs recherches, et bientôt il entend une voix: les efforts redoublent, mais ce n'est qu'après trente-six heures d'efforts que l'on retire le plus jeune des deux ensevelis sain et sauf : il était demeuré côte à côte avec son père mort immédiatement après l'accident.

Dans les dernières années de sa vie, à partir de 1804, Chinard eut surtout des commandes officielles : bustes de l'Impératrice Joséphine, des princes et princesses de la famille impériale et des généraux morts à l'ennemi, ou bien des grandes pièces décoratives, telles que vases pour les jardins ou les palais impériaux; au reste il ne pouvait plus travailler avec la même assiduité; il était atteint d'une cruelle maladie de cœur dont les crises le faisaient souffrir d'une façon épouvantable. Il mourut subitement en 1813.

. .

M. le comte de Penha-Longa, grâce à son goût éclairé et sa connaissance parfaite de l'esthétique et de l'histoire, a réuni une collection incomparable des principales et surtout des plus belles sculptures de Chinard. Cette collection est si complète, son choix en est si délicat, qu'il suffit de l'étudier pour connaître l'œuvre de Chinard, pour l'apprécier et saisir les caractères primordiaux du talent de ce sculpteur.

Tout d'abord nous voyons ces fameux médaillons où l'artiste a portraituré quantité de personnages célèbres, surtout ses compatriotes de Lyon.

Voilà sa propre effigie : les traits sont d'une netteté et d'une finesse incomparables, la vie se sent dans le modelé, les cheveux sont comme au naturel. Ce que nous disons de son médaillon, on peut le dire de tous les autres. Examinez ceux de M. de Menon de Ville, n° 14, celui de cet inconnu, daté de 1789, n° 20; ou bien encore celui du général Duhesme, n° 26, ou de M. de Bondy, n° 4. Ces personnages sont vivants, bien vivants, et on les connaît après les avoir regardés attentivement.

Nous ne pouvons décrire chacun de ces médaillons et il nous faut par dessus tout parler des bustes, car c'est dans leur exécution que Chinard est incomparable.

Regardons d'abord ces deux délicieux petits plâtres originaux représentant une dame peintre que la tradition dit être Mme Charpentier, n°* 29 et 31, tournée vers la gauche, souriant, les bras croisés sur la poitrine : ce sont deux merveilles.

A propos de ces maquettes, c'est, croyons-nous, Chinard le premier sculpteur qui, rompant avec les traditions, osa faire des bustes en y mettant les bras. Son audace lui réussit; les deux bustes de Mme Charpentier et celui de Mme Récamier, dont nous allons parler, le démontrent d'une manière irréfutable.

Voici maintenant un petit bronze : c'est une variante du buste célèbre de Mme Récamier, mais qui nous paraît avoir un intérêt capital, car c'est, croyons-nous, l'idée primitive de Chinard. Cette fonte aurait été exécutée sur la plus ancienne ébauche qu'il aurait faite de « la divine Juliette ».

D'après les vraisemblances, ce serait en 1795 que Chinard aurait fait poser Mme Récamier pour la première fois, lorsqu'il vint à Paris pour sa nomination de l'Institut : son modèle avait 18 ans, et c'est bien une toute jeune fille que reproduit le bronze de M. de Penha-Longa. Le cou est svelte, les épaules, bien tombantes, n'ont pas encore pris leur rondeur ni leur développement; le visage a encore le caractère de celui d'un enfant, au moins d'une toute jeune fille. La coiffure, avec une fanchon, est de 1795, et ce serait sur cette première esquisse qu'aurait été fait, avec quelques variantes, le buste que posséda Brillat-Savarin et le marbre qui orna le salon de Mme Récamier : ce dernier buste, légué à Mme Lenormant, a été acheté à la vente de cette dame par le marquis de Biron.

Pour en revenir au bronze de la collection du comte de Penha-Longa, on verra que le sein y est un peu plus découvert que dans les moulages en terre cuite que nous connaissons. C'était la mode en 1795, pendant le Directoire, de se faire représenter sans voile : le marbre qui se voyait chez Mme Récamier la montrait primitivement sans aucune draperie, car on n'y retrouve pas sur l'épaule l'écharpe qui existe dans tous ses autres bustes : ce serait sous le Consulat qu'elle l'aurait fait modifier : n'oublions pas en effet que Mme Récamier, en 1801, quêta à Saint-Roch dans une cérémonie religieuse qui fit grand bruit à l'époque, et l'on ne voit guère une mère de l'Église ayant chez elle exposé à ses visites son buste montrant tous ses charmes.

En 1805, quand Chinard vient à Paris, il habite chez les Récamier, rue Basse-du-Rempart, et se fait adresser son courrier chez eux.

Pendant ce séjour, Chinard exécuta un nouveau buste de son modèle préféré dont M. de Penha-Longa possède l'esquisse en terre cuite et le plâtre original (n°ˢ 34 et 35).

Mᵐᵉ Récamier, en 1805, a 28 ans. Ses traits se sont formés : c'est une jeune femme. Chinard lui a encore donné la même position de tête que dans ses bustes d'il y a dix ans : position qui devait lui être habituelle. Elle est vêtue à la mode des débuts de l'Empire, coiffée d'un peigne sur le haut de la tête, et recouverte d'un voile mis de biais sur ses cheveux : c'est avec ce même voile, placé également d'une façon identique, que le miniaturiste anglais Cosway l'a peinte en 1803.

Certes, les bustes de Mᵐᵉ Récamier sont des plus jolis ; l'opinion publique, en 1883 et depuis, les a proclamés des chefs-d'œuvre, et cependant en voici un, un plâtre original, que l'on prétend, à tort, être Mᵐᵉ de Verninac (n° 36) ; il est encore supérieur. Cette jeune femme, à la lèvre spirituelle, sourit, et elle sourit d'une telle façon qu'on en est saisi. Son nez mutin a des narines qui se dilatent comme si le buste respirait.

Mona Lisa, *la Joconde*, souriait lors de ses poses devant Léonard, parce que son peintre lui faisait jouer de la musique pour lui maintenir l'expression de satisfaction qu'il voulait donner à ses traits. Je ne sais comment Chinard a fait avec son modèle inconnu ; lui a-t-il conté maintes anecdotes, maintes histoires amusantes ? Peu importe : il a réussi à la faire souriant d'une façon spirituelle, presque malicieuse, mais avec un tel accent de vérité qu'on croit que le plâtre va s'animer.

Si des plâtres et des terres cuites nous passons aux marbres, nous constaterons dans le buste de la dame dite marquise de Jaucourt une habileté consommée dans l'art de tailler le marbre et de lui donner la douceur, le « gras » de la cire.

Dans celui de la dame peintre, supposée Mᵐᵉ Charpentier,

la pose est admirablement trouvée, l'arrangement des bras croisés sur la poitrine donne un charme saisissant et, puisque nous parlons des bras, qu'on veuille bien remarquer avec quelle délicatesse et quelle sûreté ils sont rendus.

C'est sur l'impératrice Joséphine que nous attirerons particulièrement l'attention des hommes de goût : ce buste, de loin, par la dignité, l'air majestueux qui s'y montrent, pourrait paraître être un buste officiel : qu'on s'en approche, et, si son allure « impériale » continue à s'en dégager, on y admire surtout la réalité. C'est l'impératrice Joséphine en 1805, à l'apogée des honneurs, mais quand déjà elle pressent la répudiation ; dans ses traits affinés, si vrais, si vivants, on perçoit la tristesse et la préoccupation qu'elle a de l'avenir ; diadème et détails du costume sont aussi reproduits avec un soin et une recherche peu en usage à cette époque. D'après une tradition, ce buste aurait été à la Malmaison, chez l'impératrice, et le prince Eugène le garda précieusement après la mort de sa mère.

Sans nous étendre sur les autres travaux de Chinard, parlons seulement de son propre portrait. Il a fait de lui une statue qui a été longtemps sur son tombeau au cimetière de Loyasse, à Lyon, et dont M. de Penha-Longa a une esquisse de plâtre : il s'est représenté tel que nous l'ont décrit ses contemporains : « Grand, fort, avec une figure de caractère : causeur agréable, ayant des saillies et des traits piquants ».

Jal, qui l'a vu dans sa jeunesse, nous parle de lui en termes identiques : « Il avait une belle tête, des cheveux noirs, épais et bouclés ; son regard était vif et il en imposait beaucoup ».

Il mourut en 1813, comme nous l'avons déjà dit, laissant un certain nombre d'élèves, dont les plus connus sont Prost, qui l'avait suivi à Carrare, et Legendre-Herail.

Germain BAPST

LISTE ALPHABÉTIQUE

DES

PORTRAITS AVEC LEURS NUMÉROS DE CATALOGUE

OUVRAGES ET DOCUMENTS A CONSULTER

RELATIFS A LA COLLECTION

Union centrale des Arts décoratifs. — *Exposition d'œuvres du sculpteur Chinard, de Lyon* (1756-1813), au Pavillon de Marsan (Palais du Louvre), novembre 1909-janvier 1910. Catalogue par Paul Vitry, conservateur-adjoint au Musée du Louvre. Paris, Librairie centrale des Beaux-Arts, Émile Lévy, éditeur, 1909.

Les Arts, revue mensuelle des musées, collections, expositions. Manzi, Joyant, Goupil et Cie, n° 95 (novembre 1909), entièrement consacré à la collection de M. le comte de Penha-Longa, par Maurice Tourneux.

Dictionnaire des sculpteurs de l'École française du xviiie siècle, par Stanislas Lami. Paris, Honoré Champion, libraire-éditeur, 1910, p. 194, t. 1er.

Les Artistes lyonnais, des origines jusqu'à nos jours, etc., par Alphonse Germain. Lyon, H. Lardanchet, éditeur, 1910, p. 27.

Revue de l'Art ancien et moderne, n° 152, novembre 1909, p. 321. Article par M. E. Bertaux.

DÉSIGNATION

1 — *Chinard (Le statuaire Joseph).*

Son portrait par lui-même.
Médaillon rond en terre cuite.
Signé : *Chinard.*

Diam.. 19 cent.

Exposition Chinard au Musée des Arts décoratifs, n° 80.

2 — *Inconnu.*

Portrait d'homme.
Médaillon rond en terre non cuite. Profil à droite.
Signé : *Chinard, de l'Institut nat. à Lyon.*

Diam.. 20 cent.

Exposition Chinard au Musée des Arts décoratifs, n° 124.

3 — *Inconnu.*

Portrait d'homme âgé.

Médaillon rond en terre non cuite. Profil à gauche.

Signé : *Chinard, de l'Institut n¹ à Lyon.*

Cadre en plâtre.

Diam., 21 cent.

Exposition Chinard au Musée des Arts décoratifs, n° 123.

4 — *Comte de Bondy (Portrait présumé du).*

Portrait d'homme.

Médaillon rond en terre cuite. Profil à droite.

Signé : *Chinard, de l'Institut à Lyon.*

Diam., 19 cent. 1/2.

Exposition Chinard au Musée des Arts décoratifs, n° 122.

5 — *Inconnu.*

Portrait de jeune homme à favoris.

Médaillon rond en plâtre. Profil à gauche.

Signé : *Chinard à Lyon, le 10 pluviôse an 10.*

Diam., 23 cent.

Exposition Chinard au Musée des Arts décoratifs, n° 105.

6 — *Inconnue.*

Portrait de jeune femme coiffée d'un bonnet de linge.

Médaillon rond en terre non cuite. Profil à droite.

Signé : *Chinard à Chaponost[1], le 24 prairial an 4ᵐᵉ.*

Diam., 19 cent.

Exposition Chinard au Musée des Arts décoratifs, n° 93.

7 — *Inconnu.*

Portrait d'homme entre une lyre et une branche de laurier.

Médaillon rond en terre non cuite. Profil à gauche.

Signé : *C. 1801.*

Diam., 18 cent.

8 — *Jadin (Emmanuel), compositeur.*

Médaillon rond en terre cuite. Profil à droite.

Signé : *Chinard à son ami Jadin. Lyon, an 6.*

Diam., 21 cent.

Exposition Chinard au Musée des Arts décoratifs, n° 119.

1. Chaponost (Rhône).

9 — *Le Général Suchet (?), depuis maréchal et duc d'Albufera.*

Médaillon rond en plâtre. Profil à gauche.

Signé : *Chinard à Lyon. Le 30 prairial.*

Diam., 22 cent.

Exposition Chinard au Musée des Arts décoratifs, n° 89.

10 — *Inconnu.*

Portrait d'homme chauve.

Médaillon rond en plâtre. Profil à droite.

Signé : *Chinard à Lyon, 20 germinal (?).*

On lit, en exergue, autour du médaillon :

Sévère aux ennemis, mais pour tout autre humain
Son cœur est d'un Français, son âme d'un Romain.

Diam., 24 cent.

Exposition Chinard au Musée des Arts décoratifs, n° 121.

11 — *Inconnu.*

Portrait d'homme âgé.

Médaillon rond en terre non cuite. Profil à gauche.

Signé : *Chinard, de l'Institut n' à Lyon.*

Diam., 21 cent.

Même médaillon que le n° 3.

12 — *Inconnu.*

Portrait d'homme âgé, de profil à droite, entre un triangle égalitaire et un bonnet phrygien.

Médaillon rond en terre cuite.

Signé : *Chinard à Lyon.*

Diam., 20 cent. [1].

Exposition Chinard au Musée des Arts décoratifs, n° 120.

13 — *Inconnu.*

Portrait d'homme âgé, en costume et perruque Louis XVI.

Médaillon rond en terre cuite. Profil à gauche.

Signé : *Chinard à Lyon.*

Diam., 25 cent.

Exposition Chinard au Musée des Arts décoratifs, n° 88.

14 — *Menon de Ville (de), commandeur de Belle-combe dans l'ordre de Malte en 1784.*

Médaillon rond en terre cuite. Profil à droite.

Signé : *Chinard à Saint-Savain*[1], *1787.*

Diam., 22 cent.

Exposition Chinard au Musée des Arts décoratifs, n° 84.

1. Saint-Savin canton de Bourgoin, Isère.

15 — *Dazincourt (Albouy), sociétaire de la Comédie française.*

Médaillon rond en plâtre. Profil à gauche.

Signé : *Chinard, de l'Institut et de l'Athénée, à Lyon.*

Diam., 22 cent.

Exposition Chinard au Musée des Arts décoratifs, n° 104.

16-17 — *Seringe (Monsieur et Madame).*

Deux profils se faisant pendant, en albâtre, sur fond d'ardoise.

Signés : *Chinard.*

Cadres en bois mouluré.

Diam., 11 cent. 1/2.

Voir *Catalogue Salomon de la Chapelle,* p. 153.

Ancienne collection Deis.

Exposition de Lyon, 1904, n°ˢ 756-757.

Exposition Chinard au Musée des Arts décoratifs, n°ˢ 126-127.

18 — *Inconnue.*

Jeune femme de profil à droite.

Médaillon rond en terre cuite.

Signé : *Chinard à Lyon, le 8 messid. l'an 3ᵐᵉ.*

Diam , 21 cent.

Voir *Catalogue de l'Exposition de Lyon,* 1904, n° 754.

Ancienne collection Deis.

Exposition Chinard au Musée des Arts décoratifs, n° 92.

19 — *Charlotte Corday.*

Coiffée d'un bonnet à cocarde, de profil à gauche.

Médaillon rond en plâtre teinté.

Signature effacée.

Diam., 23 cent. 1/2

Exposition Chinard au Musée des Arts décoratifs, n° 94.

Un autre exemplaire en terre cuite, au musée Carnavalet, porte la signature : *Chinard, le 26 prairial,* et est dit sans raison représenter Mme Roland.

20 — *Inconnu.*

Portrait d'homme âgé en costume Louis XVI.

Médaillon rond en terre cuite. Profil à droite.

Signé : *Chinard, 1789.*

Diam., 19 cent. 1/2

Exposition Chinard au Musée des Arts décoratifs. n° 85.

21 — *Beauharnais (Prince Eugène de),* en costume de général commandant les chasseurs de la Garde.

Médaillon rond en terre cuite. Profil à gauche.

Signé : *Chinard, à Lyon, an 13.*

Diam., 20 cent. 1 2.

Exposition Chinard au Musée des Arts décoratifs, n° 109.

22 — *Bourgelat (Claude)*, *fondateur de l'École vétérinaire de Lyon. Mort en 1779.*

Médaillon rond en plâtre.
Signé : *Chinard, Lion 1787.*

Diam., 23 cent.

Exposition Chinard au Musée des Arts décoratifs, n° 83.

23 — *Inconnu.* *(On a souvent indiqué ce médaillon comme représentant Augustin Robespierre.)*

Jeune homme de profil à droite.
Médaillon rond en terre cuite.
Signé : *Chinard à Rome, 1792.*

Diam., 22 cent.

Exposition Chinard au Musée des Arts décoratifs, n° 86.

Comme facture et même comme type, ce médaillon offre quelque rapport avec celui du Musée du Louvre qui est signé : *Chinard à Rome, 1786.*
Voir *Catalogue Salomon de la Chapelle, 1897, p. 149.*

24 — *Claude-François-Marie Primat*, *né à Lyon en 1746, sacré archevêque de Toulouse le 10 avril 1791.*

Médaillon rond en terre cuite. Profil à droite.
Signé : *Chinard, de l'Institut.*
Cadre modelé en plâtre.

Diam., 21 cent.

Exposition Chinard au Musée des Arts décoratifs, n° 111.

Voir *Catalogue Salomon de la Chapelle, p. 130.*

25 — *Inconnu.*

Personnage de la Révolution, coiffé d'un chapeau à plume avec cocarde.

Médaillon rond en terre cuite. Profil à gauche.

Signé : *Chinard, de l'Institut à Paris.*

Diam., 23 cent.

Exposition Chinard au Musée des Arts décoratifs, n° 99.

26 — *Duhesme (Le Général),* commandant la 19ᵉ division à Lyon (an XI).

Médaillon rond en terre cuite. Profil à droite.

Signé : *Chinard, memb. de plusieur académie.*

Le cadre est moulé en terre avec le médaillon.

Diamètre, cadre compris, 29 cent.

Exposition Chinard au Musée des Arts décoratifs, n° 110.

27 — *Inconnu.*

Portrait d'homme, coiffé d'un chapeau à cocarde.

Médaillon rond en terre cuite. Profil à droite.

Signé : *Chinard, membre de plusieurs académie.*

Diam., 20 cent.

Exposition Chinard au Musée des Arts décoratifs, n° 91.

28 — *S. M. l'Impératrice Joséphine.*

Petit buste en terre cuite. Étude pour le buste en
marbre du même personnage décrit sous le n° 33.

Signé devant : *Chinard, à Milan ;* et derrière :
*Chinard, de l'Institut national, membre de plusieurs
académies. Milan, an 13.*

Haut., 29 cent.

Exposition Chinard au Musée des Arts décoratifs, n° 63.

Le modèle de cette terre cuite, datée de Milan, est sans doute antérieur au
buste en marbre.

29 — *Inconnue, artiste peintre. Portrait présumé de Mme Constance-Marie Charpentier (1767-1819).*

Petit buste en plâtre, maquette du buste en marbre
du même personnage décrit sous le numéro suivant.

Signé : *Chinard. de Lyon.*

Haut., 26 cent.

Exposition Chinard au Musée des Arts décoratifs, n° 76.

30 — *Inconnue, artiste peintre. Portrait présumé de Mme Constance-Marie Charpentier (1767-1819).*

Buste en marbre blanc. grandeur nature.

Non signé.

Haut., 77 cent.

L'attribution de ce marbre non signé est confirmée par la signature du
petit buste précédent.

Exposition Chinard au Musée des Arts décoratifs, n° 75.

3 1 — *Inconnue, artiste peintre. Portrait présumé de Mme Constance-Marie Charpentier 1767-1819).*

Petit buste en plâtre du même personnage que les précédents, avec un arrangement de coiffure différent.

Signé : *Esquise* (sic) *faite par Chinard de l'Institut et de l'Athénée de Lyon.*

Hauteur totale, 30 cent.

Ce buste est posé sur un socle en plâtre, décoré des attributs des Arts et des Sciences.

Exposition Chinard au Musée des Arts décoratifs, n° 77.

3 2 — *Beauharnais (Prince Eugène de), en costume de colonel des chasseurs de la Garde, avec collet de général.*

Petit buste en terre cuite.

Signé : *Chinard de Lyon.*

Haut., 26 cent. 1/2.

Ce petit buste du prince Eugène permet d'identifier le buste en marbre, grandeur nature, du musée de Versailles.

Exposition Chinard au Musée des Arts décoratifs, n° 65.

33 — *S. M. l'Impératrice Joséphine.*

Buste grandeur nature en marbre blanc.
Signé : *Chinard f.*

Haut., 70 cent.

Le buste de Joséphine fut exposé aux Salons de 1806 et de 1808, mais il en fut exécuté certainement plus de deux exemplaires.

Celui-ci provient des collections de Leuchtenberg.

Un buste analogue, jadis au château d'Arenenberg, a été donné par l'Impératrice Eugénie au musée de la Malmaison. Il est signé par derrière : *Chinard de Lyon.* L'Impératrice Joséphine ne porte pas la couronne et son diadème ne présente pas de figures.

Exposition Chinard au Musée des Arts décoratifs, n° 62.

34 — *Madame Récamier.*

En buste, grandeur nature, coiffée d'un voile étoilé.
Terre cuite.

Signé devant : *Chinard, à Lyon ;* et derrière : *Chinard, de l'Institut et de l'Athénée de Lyon.*

Haut., 64 cent.

Exposition Chinard au Musée des Arts décoratifs, n° 50.

35 — Le même personnage.

Buste en plâtre semblable au précédent.
Mêmes signatures.

Haut., 67 cent.

Exposition Chinard au Musée des Arts décoratifs, n° 51.

36 — *Inconnue*, dite à tort Mme de Verninac.

Buste de jeune femme.
Plâtre original signé : *Chinard, à Lyon, messidor X.*

Haut., 66 cent.

Exposition Chinard au Musée des Arts décoratifs, n° 49.

37 — *Bacciocchi (Félix)*, Prince de Lucques et de Piombino, en costume de général.

Petit buste en terre cuite. pendant du suivant.
Signé : *Chinard. de Lyon.*

Haut.. 28 cent.

Exposition Chinard au Musée des Arts décoratifs, n° 68.

38 — *Élisa*, sœur de Napoléon, Grande-Duchesse de Toscane, Princesse de Lucques et de Piombino.

Petit buste en terre cuite, pendant du précédent.
Signé : *Chinard, statuaire ac. (sic) de l'Institut national, membre de plusieurs académies.*

Haut.. 27 cent.

Ce buste doit nous donner, en réduction. le type du buste officiel de la Princesse Élisa, conservé en Italie, aux environs de Lucques. (Voir Marmottan, *les Arts en Toscane.*)

Exposition Chinard au Musée des Arts décoratifs. n° 67.

39 — *La Marquise de Jaucourt (?).*

Buste, grandeur nature, en marbre blanc.
Signé : *Chinard, à Lyon, 1796.*

Haut., 62 cent.

Ancienne collection de Mme C. Lelong. 1re Vente. n° 299.
Exposition Chinard au Musée des Arts décoratifs, n° 41.

40 — *Le Général Bonaparte.*

Médaillon rond. Profil à gauche entre un faisceau et un glaive romain.
Terre cuite.
Signé : *Chinard, de l'Institut, à Paris.*

Diam., 19 cent.

Une autre épreuve du même médaillon se trouve au musée Carnavalet.

Exposition Chinard au Musée des Arts décoratifs, n° 107.

41 — *S. M. l'Impératrice Joséphine.*

Médaillon rond. Profil à droite, faisant pendant au précédent.
Terre cuite.
Signé : *Chinard, de Lyon.*

Diam., 19 cent.

Exposition Chinard au Musée des Arts décoratifs, n° 108.

42 — *Récamier (Madame).*

Médaillon rond en plâtre. Épreuve ancienne tirée
dans un moule à pièces. Profil à droite.
Signé : *Chinard.*

Diam., 24 cent.

Exposition Chinard au Musée des Arts décoratifs, n° 106.

43 — Moule creux, en plâtre. du buste pré-
cédent.

Exposition Chinard au Musée des Arts décoratifs, n° 128.

44 — *Inconnue.*

Buste de jeune femme. aux cheveux courts. de profil
à gauche.
Médaillon rond en plâtre.
Signé : *Chinard. à Lyon, 1809.*

Diam.. 23 cent.

Exposition Chinard au Musée des Arts décoratifs, n° 113.

45 — *Inconnue.*

Portrait de jeune fille.
Médaillon rond en terre cuite. Profil à droite.
Signé : *Chinard, à Lyon.*

Diam.. 21 cent.

Exposition Chinard au Musée des Arts décoratifs. n° 114.

46 — *Inconnue.*

Portrait de jeune femme, dite Mme Dugazon.
Médaillon rond en terre cuite. Profil à gauche.
Signé : *Chinard, de Lyon, 30 juin 1808.*

Diam., 20 cent. 1/2.

Exposition Chinard au Musée des Arts décoratifs, n° 112.

47 — *Inconnu.*

Portrait de jeune homme.
Médaillon rond en terre cuite. Profil à droite.
Signé : *Chinard, à Lyon.*
Cadre en plâtre.

Diam., 20 cent. 1/2.

Exposition Chinard au Musée des Arts décoratifs, n° 90.

48 — *Kellermann, général commandant l'armée des Alpes.*

Médaillon rond en terre cuite. Profil à droite.
Signé : *Chinard, de l'Institut à Paris et de l'Athénée à Lyon.*

Diam., 22 cent. 1 2.

Exposition Chinard au Musée des Arts décoratifs, n° 98.

49 — *L'Abbé Rosier*, agronome lyonnais (1734-1793.

Buste surmontant un terme.
Esquisse en plâtre.
Signé : ***Chinard de Lyon, 1802.***

Haut., 44 cent.

Maquette du monument élevé en 1812 dans le Jardin des Plantes, a Lyon, mutilé en 1834 et retiré en 1860.
Voir *Catalogue Salomon de la Chapelle*, page 52.

Exposition Chinard au Musée des Arts décoratifs. n° 56.

50 — *Lebrun*, troisième Consul.

Médaillon rond en terre cuite. Profil à droite.
Signé : ***Chinard, de l'Institut et de l'Athénée de Lyon.***
Cadre en plâtre.

Diam., 22 cent.

51 — *Inconnue.*

Buste de jeune femme.
Médaillon rond en terre cuite. Profil à gauche.
Signé : ***Chinard, de Lyon.***

Diam., 20 cent.

52 — *Bara*, en costume civil.

Médaillon rond en terre cuite. Profil à droite.
Signé : ***A. Bara, par Chinard, de Lyon, le 15 germinal.***
Cadre en plâtre.

Diam., 20 cent.

53 — *Inconnue.*

Portrait de femme, coiffée d'un turban avec aigrette.
Médaillon rond en terre cuite. Profil à gauche.
Signé : *Chinard, de Lyon.*

Diam., 14 cent. 1/2

54 — *Récamier (Madame).*

Petit buste en bronze patiné, sur piédouche en marbre.
Non signé.

Haut., 19 cent.

Ce petit buste, assez différent surtout dans la disposition de la coiffure du buste de Lyon, se rapproche de celui de Belley et pourrait avoir été exécuté sur la première esquisse de Chinard.

Exposition Chinard au Musée des Arts décoratifs, n° 60.

55 — *Léda.*

Petite statue en marbre blanc, attribuée à Chinard.

Haut., 07 cent.

Exposition Chinard au Musée des Arts décoratifs, n° 19.

56 — *La Philosophie. Allégorie révolutionnaire.*

Statuette en terre cuite.

Signé : *Chinard, aux Recluses*[1].

Haut., 38 cent.

Exposition Chinard au Musée des Arts décoratifs, n° 16.

57 — *Chinard (Le statuaire Joseph), drapé à l'antique.*

Statuette en plâtre.

Non signé.

Haut., 62 cent.

Une autre statuette, épreuve en terre cuite, se trouve au musée de Lyon.
La statue de l'artiste par lui-même, qu'il avait laissée inachevée, a été
placée sur son tombeau, au cimetière de Loyasse, à Lyon. A été retirée en
ces derniers temps.

Exposition Chinard au Musée des Arts décoratifs. n° 79.

1. *Les Recluses*. prison de Lyon où fut enfermé Chinard pendant sa détention.

58 — *Le Génie de la Liberté.*

Statuette en terre cuite, mutilée.

Haut., 51 cent.

Cette figure appartient sans doute à quelque allégorie révolutionnaire. Sur la poitrine du monstre à oreilles d'âne qui foule aux pieds le génie, est inscrit le mot : *Ignorance.*

Salomon de la Chapelle décrit cette statuette avec un flambeau dans la main droite et des épis dans la gauche, dans une collection Pagny. (Voir *Catalogue Salomon de la Chapelle*, p. 147.)

Exposition Chinard au Musée des Arts décoratifs, nº 18.

59 — *Inconnue.*

Jeune fille, les cheveux relevés sur le haut de la tête.

Buste en terre cuite.

Non signé.

Sur le devant du buste se lit l'inscription suivante :

Ton aïeule et ta mère, en formant ton enfance,
T'ont fait chérir les arts, la gloire et la vertu
Du talent de l'artiste admirez la puissance,
Ce que fit son amour, son cizeau l'a rendu.

Haut., 45 cent.

Exposition Chinard au Musée des Arts décoratifs, nº 39.

60 — *Narcisse.*

Petite statue en marbre blanc.
Signé : *Chinard, 1781.*

Haut., 78 cent.

Exposition Chinard au Musée des Arts décoratifs, nº 2.

61 — *Groupe allégorique.*

Esquisse en terre cuite, dédiée à Dumas. secrétaire de l'Académie des sciences, belles-lettres et arts de Lyon (1801), ami de Chinard.

Signé : *Esquisse faite par Chinard. à Lyon, en 1781. A. Dumas, à Lyon.*

On lit sur la terrasse du groupe l'inscription suivante : *Les enfants de J^{rh} Creuzet à leur tuteur.*

Le creuzet du malheur, éprouvant l'amitié.
Fait de l'homme sensible une divinité.

Haut., 43 cent.

Exposition Chinard au Musée des Arts décoratifs. n° 25.

62 — *Cillare et Hylonome* ou *la Mort des Centaures.*

Épisode du combat des Centaures et des Lapithes, d'après les *Métamorphoses* d'Ovide, livre XII.

Groupe en terre cuite.

Signé : *Chinard, inv. et fecit.*

Haut.. 36 cent.: larg., 56 cent.

Provient de l'ancienne collection Francis Mallet-Guy.
Voir *Catalogue Salomon de la Chapelle*, p. 141.

Exposition Chinard au Musée des Arts décoratifs, n° 11.

63 — *Tête de Méduse.* (D'après la *Méduse* de Rondanini.)

Masque en marbre blanc.
Signé : ***Chinard.***

Haut., 58 cent.

Marbre inachevé, provenant probablement de l'atelier de l'artiste.

Exposition Chinard au Musée des Arts décoratifs, n° 31.

Nº 63.

Lang

31

Lang 5?

6710
462
5940
12 20
14,3 22

14.3 2 2

13 800
151 800